Giuseppe Varaldo

Canto tenero

Mitografemi

Biblioteca Oplepiana

N. 3

Canto tenero
Mitografemi
a cura di Oplepo, piazza dei Martiri, 30 – 80121 Napoli (Italia)
Prima edizione: 2005

Ristampa: giugno 2018

Cura redazionale di Eleonora Galloni

http://www.inriga.it

info@inriga.it

https://it-it.facebook.com/inrigaedizioni/

https://twitter.com/inrigaedizioni

https://www.linkedin.com/company/in-riga-edizioni-e-literary-agency

Giuseppe VARALDO
Canto tenero
Mitografemi

Una semplice sequenza ininterrotta di nomi di personaggi mitologici – in virtù di opportune cesure e di un'appropriata punteggiatura, nonché di eventuali apostrofi o accenti – si trasforma in un componimento poetico; in tale contesto i vari nomi si configurano anche come altrettante unità grafiche, o grafemi: diventano, cioè, *mitografemi*.

Canto tenero, componimento a contenuto erotico-amoroso ed ispirato alla mia musa Anna, è costituito da 14 strofe, ciascuna di 4 endecasillabi a rima alterna, con schema metrico ABAB CDCD AEAE CFCF .... CRCR: in particolare i versi dispari terminano tutti, a strofe alternate, in *-io* o in *-ia*, mentre i versi pari hanno sempre rime a due a due differenti (B, D, E, F .... R).

Tutti i nomi, nessuno dei quali viene utilizzato più di una volta, sono riportati (come voce autonoma, o nell'ambito di altre voci) dall'*Enciclopedia dei miti* di Pierre Grimal (Garzanti, 1990); questa si riferisce alla sola mitologia greca e romana, anche se alcuni dei personaggi citati – e per esempio, fra quelli utilizzati in *Canto tenero*, Bel, Maceri e Nino – fanno essenzialmente parte di altre mitologie e/o altre civiltà: essi pure, però, sono direttamente o indirettamente collegati al mito ellenico o italico-latino.

La dedica in latino, anch'essa costituita da *mitografemi* – come del resto gli stessi titolo e sottotitolo – ha un significato abbastanza ovvio: "Per te stessa in primo luogo; per noi due in profondità"; cioè: superficialmente il carme è dedicato a te, ma più in profondità è dedicato a tutti e due, nel segno dell'amore.

L'alternarsi del carattere neretto col carattere normale permette di meglio apprezzare il succedersi dei diversi *mitografemi*, che vengono nuovamente elencati, seguendo l'ordine del testo, nella legenda finale, nella quale i nomi più ovvî, o comunque noti, sono soltanto citati.

CANTO TENERO
Carme di nomi e no

> *Pro te **ipsa** antea;*
> ***pro no**bis alte*

    Anna, perenna – ligia **al p**oter mio –,
e **m**esci a **caso** o reca **co**me dote,
tipico **tono** fausto **a te na**tio,
né **farti debellar in** o**dî** o mote...

5.   **Ride**sidero **l'atona** armonia,
la smania **gaia**, l'indole **beata**,
d'erotiche **macerie** la **mani**a,
l'**italo** cor o **l'ari**a delicata.

    Mi ri**mane** però **l'eda**ce brio:
10.   né **chimera**, né omeri**co calo**re...
Ne**i no**stri gi**orni te**tri, **etereo** è l'io:
"**cardi**ache" le **cure** e liete **l'o**re.

    Mo' **ti** amo, riamata gia**da mia**,
e spero **come te** d'amar-**odiar**e;
15.   sola **od amante**, è di poi l'abulia:
con te, se resto, **cerca fo** di osare!

Sgorga **da un io** procace o cheto o pio

– ma dove **sta** e oscilla onne **idea,**

e che l'**amore a** termine **fe' mio** –

20.   elle**boro** o rosa o aloe o **altea.**

Pari a **me** laida, **aulica, restia,**

e come **dea** indocile **o** fenice

mi dai amore o astio: che **albag**ia!

Non ano**dìna eri, ma** felice...

25.   **Consola,** o fonte **summa, no**stro fio:

è mite amarsi a **turno,** e poco **mesto;**

reciproca **l'amor** o dosa **l'io:**

l'imo s**pirito** o l'icore o**nesto**...

Regalatemi, elisi **dei,** malia:

30.   **è dono** almo **e roseo,** non **esoso**...

O **alie**na o **irosa,** ti ri**ciclo pia;**

di te **amico,** me ne sto **gelo**so.

Così **ri**amato, **è bene** se a **te spio**

geni**tali** amorosi, fianchi, **seno;**

35.   **mia** bellona, **ti** temo, lotto **anch'io,**

calore anelo **prima** o poi **almeno.**

E la rapace sete aire sia,

se lene fia lo strazio che recò;

raro, ma elato calice mi dia:

40.   doti d'etera or deliberò!

Del fine la mia meta farò io:

casto mai, amar te a piacimento!

Reietto io già son, elido Dio,

né certamente io però mi pento.

45.   Consentimi l'amor, spinosa mia,

carnale o forse no; se sarà tale

– o tal lo fu, riè – fa' sì che sia

già cinto d'oro aurato e fine opale.

L'amore, cara, non è reo, né rio,

50.   e non è pane agro, né dà pena:

ti reco raro eros, perché io

miscelo lì con esso core e lena.

E già leonino pene par che dia,

e dona foco e gioia di per sé;

55.   sol dì oscuri, nere idi pria:

mo', grazie a te, a letto giù non è.

Canto — uno degli Argonauti, secondo la lista di Apollonio Rodio

Tenero — re di Tebe, figlio della ninfa Melia e di Apollo

Carme — madre di Britomarti, ch'ella ebbe da Zeus

Dino — una delle tre Graie

Mieno — eponimo della montagna con questo nome

Prote — una delle Nereidi

Ipsa — uno dei cinquanta figli, secondo la lista del geografo Pausania, dell'eroe arcade Licaone

Antea — 1) eroe di Patrasso, figlio di Eumelo
2) eroina figlia di Iobate, chiamata anche Stenebea

Prono — tiranno di Cefalonia

Bisalte — re tracio, padre dell'eroina Teofane

Anna Perenna — antica dea romana, rappresentata coi tratti di una vecchia

Ligia — una delle Sirene, secondo alcune tradizioni

Alpo — gigante siciliano

Termio — fratello dell'eroe Ossilo, che l'uccise accidentalmente

Eme — una delle Danaidi

Scia — madre dell'eroe beoto Eunosto

Caso — figlio del dio-fiume Inaco (oltre che divinazione della casualità)

Ore — le tre divinità delle Stagioni, figlie di Zeus e Temi

Caco

Medo — 1) figlio di Medea
2) figlio di Alfesibea
3) figlio di Artaserse

Teti

Pico — antichissimo re del Lazio, padre di Fauno e nonno del re Latino

Tono — re d'Egitto al tempo in cui vi giunse Elena

Fausto — uno dei quattro figli di Icario e di Entoria

Atena

Tione — madre di Dioniso, secondo alcune tradizioni (più spesso chiamata Semele)

Fartide - una delle Danaidi
Bel - (o Baal, o Belo), dio dei Cartaginesi e di altre popolazioni semitiche, identificabile con l'ellenico Crono e col romano Saturno
Larino - pastore dell'Epiro, che ebbe in dono da Eracle, o gli rubò, alcuni dei buoi di Gerione
Diomo - eroe attico, figlio di Colitto
Teride - secondo alcune tradizioni, schiava di Menelao, dal quale ebbe il figlio Megapente
5. **Sidero** - seconda moglie di Salmoneo e matrigna di Tiro
Latona
Armonia
Las - antichissimo eroe locale della penisola del Taigeto, in Peloponneso
Mània; Manìa - madre dei Mani; personificazione della follia
Gaia - (o Gea), la Terra
Lindo - eroe eponimo della città di Lindo, a Rodi
Lebe - padre del cretese Racio e nonno dell'indovino Mopso
Ata - uno dei figli di Priamo
Dero - una delle Nereidi
Tiche - 1) la Fortuna, o il Caso divinizzato
2) una delle Oceanine
Maceri - nome che i Libici e gli Egizi davano ad Eracle
Ela - uno dei Troiani uccisi da Patroclo
Mani
Ali - dio-fiume
Talo - 1) personaggio cretese, il quale viene descritto ora come essere umano, ora come "robot" di bronzo
2) Ateniese nipote di Dedalo, che l'uccise per invidia
Coro - una delle Nereidi, secondo alcune tradizioni
Lari
Ade - dio dei morti
Lica - 1) compagno di Eracle
2) figlio di Euripilo
Tamiri - mitico cantore e musico tracio
Mane - mitico re di Lidia

Pero   figlia di Neleo e di Cloride

Leda

Cebrione   - figlio di Priamo ed auriga di Ettore

10. **Chimera**

Neomeri   - una delle Nereidi

Cocalo   - mitico re siciliano

Rene   madre di Medone

Ino

Strigi   - demoni femminili alati

Ornite   - moglie di Stinfalo, secondo un'oscura tradizione

Trie   - le "Profetesse", tre sorelle figlie di Zeus ed abitatrici del Parnaso

Tereo   - re tracio, figlio di Ares

Elio   il Sole

Cardi   padre di Climeno

Achele   figlio di Eracle ed Onfale

Cure   - figlio di Pleurone, secondo una tradizione

Elie   - una delle Eliadi, figlie di Elio e dell'oceanina Climene

Telo   - mitico re tracio

Remo

Tia   - 1) ninfa amata da Apollo
2) una delle Titanidi, figlie di Urano e Gaia

Mori   - uno dei Troiani, ucciso da Merione

Amata   - moglie di Latino e madre di Lavinia

Gia   - 1) compagno di Enea
2) Latino avversario di Enea, che l'uccise

Damia   divinità identificata probabilmente con Demetra, la quale era venerata insieme ad Aussesia – a sua volta identificabile forse con Persefone – specialmente a Trezene ed Epidauro

Espero   - il genio della stella della sera

Comete   - 1) figlio di Stenelo
2) figlio di Tisameno

Dama   - eroe, compagno di Dioniso

Rodia   - una delle Danaidi

Reso   - eroe tracio

15. **Laodamante**   - 1) figlio d'Eteocle
2) figlio d'Ettore

Edipo

Ila   bellissimo figlio del re Teiodamante, rapito da Eracle, che se ne era innamorato

Buli	-	madre di Egipio
Aconte		uno dei cinquanta figli di Licaone secondo la lista di Apollodoro
Seresto	-	uno dei compagni di Enea
Cercafo		uno dei sette figli di Elio e Roda, gli Eliadi
Dios		uno dei figli di Priamo citati dall'Iliade
Ares		
Gorga	-	1) figlia d'Eneo 2) moglie di Corinto 3) una delle Danaidi
Daunio	-	(o più comunemente Dauno), re degli antichi Dauni e padre di Turno
Proca	-	mitico re d'Alba
Ceo		uno dei Titani
Cheto	-	uno dei cinquanta figli di Egitto
Opi		
Omado	-	uno dei Centauri uccisi da Eracle
Vesta		
Eos		
Cilla	-	1) sorella di Priamo 2) auriga di Pelope
Onne	-	primo marito di Semiramide
Idea	-	1) ninfa madre di Teucro 2) figlia di Dardano e seconda moglie di Fineo
Echela	-	(o Echelao), figlio di Pentilo
Morea		una delle Ninfe arboree
Termine	-	antico dio romano che tutelava i confini dei campi
Femio		mitico re degli Eniani, popolo tessalo
20. **Elle**		figlia di Atamante e sorella di Frisso
Boro	-	figlio dell'eroe Periere
Oro	-	1) dio egizio figlio di Iside 2) uno dei cinquanta figli di Licaone secondo la lista di Apollodoro
Sao	-	una delle Nereidi
Aloeo		uno dei figli di Poseidone e Canace
Altea		moglie d'Eneo
Paria		1) ninfa, amante di Minosse 2) eroe eponimo di Pario
Mela	-	nome comune a vari personaggi mitologici, fra cui un figlio di Eracle e di Onfale

Ida	- nome comune a vari personaggi mitologici, maschi e femmine, dei quali il più famoso è uno degli Argonauti
Auli	- una delle figlie del mitico re Ogigo
Car	- primo re di Megara, figlio di Foroneo
Estia	- prima figlia di Crono e di Rea e sorella di Zeus, dea del Focolare
Eco	
Medea	
Indo	1) eroe eponimo dell'India
	2) Indiano bellissimo che si gettò nel fiume Mausolo, il quale prese appunto – da allora – il nome di Indo
	3) re di Scizia, inventore del denaro
Cileo	- figlio dell'eroe Cefalo
Fenice	- oltre a designare il favoloso uccello degli Egizi, è anche il nome di due eroi distinti, rispettivamente figlio di Agenore e figlio di Amintore
Mida	
Iamo	- 1) figlio di Licoreo
	2) figlio di Apollo ed eroe d'Olimpia
Reo	- 1) figlia di Stafilo e sorella di Emitea
	2) moglie di Laomedonte
Astioché	- nome comune a numerosi personaggi mitologici femminili, fra cui una sorella di Priamo
Alba	- mitico re d'Alba, succeduto a Latino
Giano	
Nano	- 1) mitico re indigeno di Marsiglia
	2) nome con cui gli Etruschi chiamavano Ulisse, e che significa "errante"
Dina	figlia d'Evandro
Erima	- uno dei Troiani uccisi da Patroclo
Felice	- uno dei quattro figli di Icario e di Entoria
25. **Conso**	- antichissimo dio romano, patrono delle semine e del bestiame
Laofonte	- figlia di Pleurone
Summano	- dio dei Romani primitivi, al quale si attribuiva la folgore notturna
Strofio	- 1) eroe figlio di Criso
	2) nipote del precedente, figlio di Pilade e di Elettra

Emitea	1) eroina figlia di Stafilo
	2) eroina figlia di Cicno
Marsia	- sileno, ritenuto l'inventore del flauto a due canne
Turno	
Epoco	- figlio di Licurgo
Mestore	- 1) figlio di Perseo
	2) figlio di Pterelao
	3) figlio di Priamo
Cipro	- re, ed eponimo, dell'isola
Calamo	figlio del dio-fiume Meandro
Rodo	moglie del Sole ed eponima dell'isola di Rodi
Salio	- compagno d'Enea
Limos	- (o Limo), personificazione della Fame
Piritoo	- re dei Lapiti e amico di Teseo
Licoreo	- (o Licoro), figlio di Apollo e della ninfa Coricia
Nestore	
Gala	- uno dei figli, secondo alcune tradizioni, di Polifemo e di Galatea
Temi	
Eli	- figlio di Poseidone e di Euripile
Side	- nome comune a varie eroine
Imalia	- ninfa di Rodi amata da Zeus
30. **Edono**	figlio, secondo alcune tradizioni, di Poseidone e di Elle
Almo	- figlio di Sisifo
Eros	
Eono	- figlio di Licinnio e cugino di Eracle
Neso	- 1) figlio di Teucro
	2) una delle Nereidi
Soo	- figlio di Procle
Alie	- le "Donne del Mare", morte combattendo, la cui tomba si trovava ad Argo
Nao	1) pronipote d'Eumolpo
	2) una delle Nereidi, secondo alcune tradizioni
Iro	
Satiri	
Ciclopi	
Adite	- una delle Danaidi
Amico	- gigantesco figlio di Poseidone, re dei Bebrici

Menesto	- 1) una delle Oceanine
	2) una delle Meleagridi, secondo alcune tradizioni
Gelo	- l'anima in pena di una ragazza dell'isola di Lesbo, morta giovane, la quale ritornava a rapire i bambini
Soco	- (o Saoco), dio violento, padre dei Cureti
Siri	- eroina eponima dell'omonima città della Magna Grecia
Amato	- figlio di Macedone e fratello di Piero
Ebe	
Nesea	- una delle Nereidi
Tespio	- eroe eponimo della città beota di Tespi
Genî	- numi tutelari, presso i Romani, di persone, luoghi e istituzioni
Talia	
Moros	- uno dei figli della Notte, corrispondente alla Sorte
Ifi	- nome comune a numerosi personaggi mitologici, maschi e femmine
Anchise	
Nomia	- la "Pastora", ninfa amata da Dafni
35. **Bellona**	dea romana della guerra
Tite	dea, poi chiamata Gaia, che secondo alcune tradizioni diede ad Urano diciotto figli, i quali presero da lei il generico nome di Titani
Molotto	(o Molosso), figlio di Neottolemo e di Andromaca
Anchio	- uno dei Centauri uccisi da Eracle
Calo	- nipote di Dedalo e da lui ucciso, chiamato in altre versioni Talo o Perdice
Rea	- una delle Titanidi
Nelo	- 1) una delle Danaidi
	2) padre di Anchiroe
Prima	- figlia di Romolo e di Ersilia
Opo	- 1) eroe eponimo dei Locresi d'Oponte
	2) re d'Elide
Ialmeno	- figlio, come il fratello Ascalafo, di Ares e di Astioche
Elara	figlia di Minia e madre del gigante Tizio
Pace	astrazione divinizzata, presso i Romani
Setea	prigioniera troiana, che i Greci crocifissero

Iresia	- una delle Nereidi, secondo alcune tradizioni
Selene	
Fialo	- figlia dell'arcade Alcimedonte, amata da Eracle
Strazio	- uno dei figli di Climeno
Chere	- spiriti femminili della morte, raffigurati come mostri orribili, ma simboleggianti talora i possibili Destini alternativi di ogni essere umano
Cora	- 1) la "Ragazza" figlia di Demetra, in realtà chiamata Persefone 2) uno dei tre figli di Catillo, o, secondo altre versioni, di Anfiarao
Roma	- (o Rome), eroina eponima
Elato	- 1) figlio maggiore di Arcade 2) padre di Polifemo 3) uno dei Centauri
Calice	- 1) una delle figlie di Eolo 2) madre di Cicno 3) una delle Nereidi, secondo alcune tradizioni
Midia	- padre di Euridamante
40. **Dotide**	- sposa di Ialiso e madre di Sime
Tera	eroe eponimo dell'isola di Tera
Orde	- capo dei pastori del sacerdote d'Apollo Crini
Libero	- il Dioniso italico, col quale è stato identificato molto presto
Delfine	- 1) drago, metà donna e metà serpente, incaricato da Tifone di custodire i tendini e i muscoli tagliati a Zeus 2) altro drago, il quale faceva la guardia, a Delfi, alla fontana situata presso il vecchio oracolo
Lamia	- 1) figlia di Poseidone 2) mostro di sesso femminile, sul cui conto fiorirono varie leggende
Meta	prima moglie d'Egeo, figlia di Oplete
Faro	il nocchiero della nave che riportò a Sparta Elena e Menelao dopo la guerra di Troia
Iocasto	figlio di Eolo

| **Maia** | - 1) una delle Pleiadi
2) antica dea romana, più tardi identifica-
ta con la precedente |

Marte

| **Api** | mitico re del Peloponneso |

Aci

Mentore

| **Ietto** | - re originario di Argo, che per primo ven-
dicò l'adulterio uccidendo l'amante della
moglie |

Io

Giasone

Lido	figlio di Ati ed eponimo dei Lidi
Dione	- nome comune a varie divinità femminili e ad un mitico re della Laconia
Certa	- una delle figlie di Tespio
Mente	- 1) ninfa degli Inferi, amata da Ade 2) capo dei Ciconi
Iope	- 1) figlia di Ificle e moglie di Teseo 2) una delle figlie di Eolo
Romi	- secondo Plutarco antichissimo re dei La- tini e fondatore di Roma
Pento	- il genio che personifica il Dolore
45. **Consenti**	- dodici divinità – sei dei e sei dee – degli Etruschi, che sotto i Romani coincisero coi dodici dei del pantheon ellenico
Mila	- uno dei Telchini, che erano demoni di Rodi
Mors	la Morte, divinità astratta dei Romani
Pino	- uno dei vari figli che la tradizione attribu- iva a Numa Pompilio
Samia	- una delle figlie di Meandro
Carna	- ninfa amata fa Giano, la quale era ritenu- ta capace di allontanare i malefici, spe- cialmente dai neonati
Leo	- eroe attico, figlio di Orfeo
Fors	il principio maschile del Caso, opposto alla Fortuna che ne è il principio femmi- nile
Eno	- una delle tre figlie di Anio, la quale aveva ricevuto dall'antenato Dioniso il potere di far scaturire il vino dal suolo
Sesara	- moglie di Crocone e figlia di Celeo

Taleo	- figlio di Adone e di Erinona
Tallo	- una delle tre Ore, secondo la denominazione ateniese
Furie	
Fasi	- dio-fiume eponimo
Chesia	- ninfa, madre di Ocirroe
Giacinto	- 1) giovane bellissimo, che Apollo, innamorato di lui, involontariamente uccise 2) padre delle Giacintidi
Doro	- eroe eponimo dei Dori, figlio – a seconda delle versioni – di Elleno o di Apollo
Aura	- la "Brezza", amata da Dioniso
Toe	- 1) una delle Nereidi 2) una delle Oceanine
Fineo	- 1) eroe figlio di Licaone 2) eroe fratello di Cefeo 3) mitico re di Tracia
Pale	antica divinità romana – considerata a volte femminile, a volte maschile –, che proteggeva le greggi e la pastorizia
Lamo	1) re dei Lestrigoni 2) figlio di Eracle e di Onfale, eponimo della città greca di Lamia
Recarano	- eroe che, in un'altra versione, sostituisce Ercole nell'episodio di Caco
Nereo	
Nerio	- moglie di Marte nella tradizione romana e italica, talora identificata con Minerva
50. **Enone**	ninfa amata da Paride prima di Elena
Pan	
Eagro	- dio-fiume, padre di Orfeo
Neda	- una delle ninfe che, nella tradizione arcade e in quella messenica, allevò Zeus bambino
Penati	
Reco	1) eroe protagonista di un'avventura amorosa, amato dalle Amadriadi 2) uno dei Centauri uccisi da Atalanta
Raro	figlio di Cranao e padre – o nonno in altre versioni – di Trittolemo
Ero	
Spercheio	- dio-fiume eponimo
Miscelo	- eroe, fondatore di Crotone

Lico - nome comune ad una delle tre figlie del re Dione e ad un gran numero di personaggi mitologici maschili, quasi tutti eroi

Nesso

Core - figlia di Persefone

Elena

Egialeo - 1) figlio di Adrasto
2) fondatore e primo re della città di Sicione, nel Peloponneso
3) figlio di Inaco

Nino - mitico fondatore della città di Ninive e secondo marito di Semiramide

Pene - (o Poina), personificazionedella vendetta o del castigo, e compagna delle Erinni, con le quali è talora identificata

Parche

Dia - 1) figlia del re Deioneo
2) figlia dell'eroe Licaone

Edona - (o Aedona), figlia di Pandareo, la quale venne trasformata in un usignolo

Foco - 1) padre di Calliroe
2) figlio di Ornito e discendente di Sisifo, eponimo della Focide
3) figlio di Eaco e di Psamate, anch'egli eponimo della Focide

Egio uno dei cinquanta figli di Egitto

Iadi

Perse - 1) figlio del titano Crio e di Euribia, o – secondo altre versioni - di Elio e di Perseide
2) uno dei vari figli di Perseo e di Andromeda

55. **Sol** - il Sole, divinità sabina il cui culto fu introdotto a Roma contemporaneamente a quello della Luna

Dioscuri

Nereidi

Priamo

Grazie

Ate

Aletto

Giunone

La Biblioteca Oplepiana [*]

Ruggero Campagnoli
Edulcoranti, con cento tempere,
Coloranti, di Totò Radicchio (1990, 1)

Aldo Spinelli
L'uso delle istruzioni, Rigrafia (1991, 2)

Giuseppe Varaldo
Canto tenero, Mitografemi (1992, 3)

Ruggero Campagnoli
Deliri edipici, Sonetti palindromici (1992, 4)

Piero Falchetta
Frammenti in vita
Combinazioni monorime con commento (1993, 5)

Ruggero Campagnoli
Vocalizzi Zulu, Sonetti monovocalici latenti,
con una cartella di 5 serigrafie,
Proiezioni e vocali in ombra, di Totò Radicchio (1994, 7)

Elena Addòmine
Forme For me, Traduzioni omografiche (1994, 7)

Raffaele Aragona
La viola del bardo, Piccolo Omonimario Illustrato (1994, 8)

Aldo Spinelli
Le ripartite, Rimbalzo statistico (1994, 9)

Ruggero Campagnoli
Sestine per modo di dire,
Testi locuzionali semiautomatici (1994, 10)

Sal Kierkia
(a cura di) *L'isola teletrasportata*, Anagrafie (1996, 11)

Paolo Albani
Geometriche visioni, L'alfabeto raffigurato (1996, 12)

Paolo Albani
Rose osé, Lettere rubate (1998, 13)

Màrius Serra i Roig
Turandot espuri, Solfeix (1998, 14)

Luca Chiti
L'infìnito futuro, Sillabe in crescenza (1999, 15)

Oplepo
Giallo di Anghiari, Misteri obbligati (1999, 16):
- *Analisi finale*, di Elena Addòmine
- *La disparizión*, di Raffaele Aragona
- *Alloro per loro*, di Brunella Eruli
- *Una parola d'oro*, di Piero Falchetta
- *Numero tredici*, di Sal Kierkia
- *Un caffè per tre*, di Giuseppe Varaldo

Oplepo
Esercizi di stime, Acronimi elogiativi (2000, 17):
- Elogio dell'*Opera poetica limitante entropiche profondità ombeli-
  cali*, di Elena Addòmine
- Elogio dell'*Oscurità poetica laureata esibendo parole oblique*, di
  Paolo Albani
- Elogio di *Ogni poema lipogrammatico esprimente potenzialità oscu-
  rate*, di Raffaele Aragona
- Elogio dell'*Ospedale per lemmi esausti, provati. obesi*, di Alessandra
  Berardi
- Elogio dell'*Operosa pastorelleria legata, elegantemente poco orto-
  dossa*, di Luca Chiti
- Elogio dell'*Ostinato premere lemmi endecasillabici producenti
  oleosità*, di Brunella Eruli
- Elogio dell'*Ostracismo politico, legge emarginata, punto O*, di Sal
  Kierkia
- Elogio dell'*Osar poetare liberamente, evitando penalizzanti
  ortodossie*, di Maria Sebregondi
- Elogio dell'*Ombra, proiezione labile eppure pressoché onnipresente*,
  di Giuseppe Varaldo

Luca Chiti
Il centunesimo canto, Philologica dantesca (2001, 18)

Paolo Albani
Fantasmagorie, Parole in bianco (2001, 19)

Giulio Bizzarri
Art caveau, L'invisibile pittura (2001, 20)

Ermanno Cavazzoni
Morti fortunati, Slittamento proverbiale (2001, 21)

Oplepo
Il doppio, Due per uno (2004, 22):
– *Doppio senso*, di Alessandra Berardi
– *Double-face*, di Anna Regina Busetto Vicari
– *Il doppio imperfetto*, di Brunella Eruli
– *La scoperta dell'America*, di Domenico D'Oria
– *Duplex*, di Edoardo Sanguineti
– *Lingua doppia*, di Elena Addòmine
– *Il romanzo equivoco*, di Ermanno Cavazzoni
– *Specchio*, di Giulio Bizzarri
– *Senso doppio/doppio senso*, di Giuseppe Varaldo
– *Kamasutra*, di Maria Sebregondi
– *Il punto di vista, anche*, di Paolo Albani
– *Teoremi e assiomi*, di Piergiorgio Odifreddi
– *Raddoppi*, di Raffaele Aragona
– *Doppio doppio*, di Sal Kierkia
– *Doppio*, di Totò Radicchio

Piergiorgio Odifreddi
Riflessi in uno zaffiro orientale,
Diari minimi di viaggi effimeri (2005, 23)

Sal Kierkia
Preludi, Tempo obbligato (2005, 24)

(*) I primi 24 fascicoli, riuniti, sono pubblicati ne *La Biblioteca Oplepiana*

Oplepo

A Italo Calvino (2005, 25)
- *La galleria dei destini incrociati*, di Paolo Albani
- *Rapsodia di fiori in blu*, di Brunella Eruli
- *Permutazioni bibliografiche*, di Domenico D'Oria
- *Lezioni italo-americane*, di Elena Addòmine
- *Alluvione d'aiuole*, di Sal Kierkia
- *Conoscenza della forma*, di Anna Busetto Vicàri
- *Italo Calvino in ottava*, di Giuseppe Varaldo
- *Sulla luna giraffa*, di Maria Sebregondi
- *Paronomàsie*, di Raffaele Aragona

Oplepo

Chimere, Esercizi funzionari (2206, 26)
- *La Chimera Incapricciata*, di Anna Busetto Vicari
- *La chimera di* Spoon River, di Brunella Eruli
- *Kimerik polito-logico*, di Domenico D'Oria
- *Chimere shakespeariane*, di Elena Addòmine
- *Sonetto della Chimera*, di Edoardo Sanguineti
- *Percorsi per-versi d'una chimera*, Giorgio Weiss
- *Manghiscoli*, di Ermanno Cavazzoni
- *Chimere*, di Giuseppe Varaldo
- *Tradurre, una chimera? PER-QUE-NEAU!*, di Maria Sebregondi
- *Mi illudo*, di Paolo Albani
- *Chimere napoletane*, Raffaele Aragona
- *I cosi così, di* Sal Kierkia

Cenni sugli autori dei testi

Cenni sugli autori dei testi

Elena ADDÒMINE, informatica, si occupa di organizzazioni di strutture aziendali, linguistiche, musicali e familiari. Si è prodotta sinora in strategie per l'innovazione tecnologica, traduzioni omografiche (*Forme for me*, B.O. n. 7, 1994) e in improvvisazioni pianistiche e culinarie, con le quali intrattiene la sua prole. Partecipa all'Oplepo da New York, dove vive e lavora.

Paolo ALBANI, scrittore e poeta visivo, dirige la nuova serie di *Tèchne*, rivista di bizzarrie letterarie e non. Tra le sue pubblicazioni: *Words in progress* (Campanotto, 1992); *Aga magéra difúra*. Dizionario delle lingue immaginarie (Zanichelli, 1994; Les Belles Lettres 2000); *Forse Queneau*. Enciclopedia delle Scienze Anomale (Zanichelli, 1999), *Il corteggiatore e altri racconti* (Campanotto, 2000), *Mirabiblia*. Catalogo ragionato di libri introvabili (Zanichelli 2003) e *Il sosia laterale e altre recensioni* (Edizioni Sylvestre Bonnard, 2003). Nel libro *Le cerniere del colonnello*. Antologia di scritti dell'Istituto di Protesi Letteraria (Ponte alle Grazie, 1991) ha raccolto i testi preoplepiani usciti sulla rivista "il Caffè". Per la "Biblioteca Oplepiana" ha scritto *Geometriche visioni*, L'alfabeto raffigurato (1996), *Rose osé*, Lettere rubate (1998), *Fantasmagorie*, Parole in bianco (2001).

Raffaele ARAGONA, ingegnere, insegna Tecnica delle Costruzioni nella Facoltà di Architettura dell'Università Federico II di Napoli. Pubblicista, scrive di enigmi e di ludolinguistica su "Il Mattino". Membro fondatore dell'Oplepo, è responsabile del Premio "Capri dell'Enigma", nell'àmbito del quale ha curato convegni specialistici e a carattere interdisciplinare, tra i quali, i più recenti, *Il fascino indiscreto dell'omonimia* (1994), *Attenti alla Sfinge!* (1996), *Le vertigini del labirinto* (1998), *La regola è questa* (2000), *Sillabe di Sibilla* (2002), *Il doppio* (2004). È autore di *Una voce poco fa*. Repertorio di vocaboli omonimi della lingua italiana (Zanichelli, 1994). Nella "Biblioteca Oplepiana" (1994) ha pubblicato *La viola del bardo*, Piccolo Omonimario Illustrato. Ha curato la raccolta *Antichi indovinelli napoletani* (Marotta, 1992) e, per le Edizioni Scientifiche Italiane, i volumi *Enigmatica. Per una poietica ludica* (1996), *Le vertigini del labirinto* (2000), *La regola è questa* (2002) e *Sillabe di Sibilla* (2004). Anche a sua cura è il volume *Capri à contrainte* (La Conchiglia, 2000). Ha pubblicato *Oplepiana*. Dizionario di letteratura potenziale (Zanichelli, 2002).

Alessandra Berardi, poetessa, è autrice e interprete di spettacoli comici e per bambini. In breve: Musa Autoispiratrice. Sarda, vive a Bologna. È fra gli autori del programma di Raidue *L'albero azzurro*. Dal 1988 partecipa a rassegne di teatro, poesia e musica. Ha pubblicato, col gruppo Bufala Cosmica, *Rime tempestose* (Sperling & Kupfer, 1992). Dal 1990 fa parte di *Riso Rosa*, progetto teatrale di comicità femminile; con Daniela Rossi ha curato *Ragazze, non fate versi!* (Zona, 1999). Ha collaborato con varie testate, come *Linus*, *Comix*, *L'Unità*, *Il Domani*. Tiene laboratori di poesia per ragazzi; ha pubblicato il libro *Patate su Marte* (d'if, 2002). Sue poesie, racconti e canzoni si trovano in CD, video, riviste e antologie, tra cui *Doppio sogno* (di Emilio Galante, Scatola Sonora, 1996), *Sfiga all'Ok Corral* (Golem, a cura di S. Bartezzaghi, Einaudi, 1998) e *Oplepiana* (a cura di R. Aragona, Zanichelli, 2002). Da qualche anno collabora attivamente con il compositore Battista Giordano.

Giulio Bizzarri, ha collaborato dal '71 al '73 alla rivista letteraria "il Caffè", curando una rubrica di *ready-made* linguistici. Dal 1980 è *copywriter* e direttore creativo di un'agenzia del gruppo BBDO. Ha pubblicato per Feltrinelli i due volumi *Vedute nel paesaggio* e *Scritture nel paesaggio* e, per le edizioni Essegi, *Giardini in Europa*. Nel 1989 ha fondato, con Gianfranco Gasparini, l'Università del Progetto di Reggio Emilia. Nel 1991, ha pubblicato le *Poesie terapeutiche*, vendute in libreria in più di 400.000 copie e per Comix *Pubblicità magari*. Nel 1990 ha ricevuto l'oro dall'Art Director's Club. Nel 2000 ha presentato, con la mostra *Advertaintment* alla Triennale di Milano, le ultime "pubblicità magari". È autore di *Art caveau. L'invisibile pittura* (B.O. n. 20, 2001).

Anna Busetto Vicàri, fondatrice dell'Archivio e Centro Studi "il Caffè", la rivista letteraria di Giambattista Vicàri, del quale ha curato il carteggio con Ezra Pound in *Il fare aperto. Lettere 1939-1971* (Archinto, 2000); è autrice del libro *Solo di rose* (Raffaelli, 2003).

Ermanno Cavazzoni, scrittore, insegna al Dipartimento di Filosofia dell'Università di Bologna. È autore de *Il poema dei lunatici* (Bollati Boringhieri, 1987), cui si è ispirato Federico Fellini per il film *La voce della luna*, de *Le tentazioni di Girolamo* (Bollati Boringhieri, 1991), di una serie di "traduzioni infedeli", all'interno di *Le leggende dei Santi* di Jacopo da Varagine (Bollati Boringhieri, 1993) e di *Vite brevi di idioti* (Feltrinelli, 1994). *I sette cuori* (Bollati Boringhieri, 1992) contiene sette divertenti variazioni, decisamente oplepiane, del deamicisiano "Sangue romagnolo". I suoi libri più recenti sono

Cirenaica (Einaudi, 1999) e *Gli scrittori inutili* (Feltrinelli, 2002). Ha introdotto edizioni dell'Ariosto e del Pulci; è tra gli ideatori della rivista *Il Semplice*.

Luca CHITI (1943–2003), laureatosi in Letteratura italiana moderna e contemporanea a Pisa, si è occupato delle avanguardie del primo Novecento con particolare interesse per le riviste fiorentine, pubblicando articoli su "Filologia e letteratura" e curando per l'Editore Loescher il volume *Cultura e politica nelle riviste fiorentine del primo '900* (1972). Nel 1973 ha curato la maggior parte delle voci degli autori del Novecento per il *Dai* (Dizionario degli autori italiani) dell'Editore D'Anna. Suoi testi poetici sono apparsi in "Arte e Poesia" e su "Quasi". Nel 1972 è uscita la sua raccolta di liriche *Il viaggio all'Oriente* nel volume *Poesie* (Ed. Manzuoli). È autore de *L'Infinito futuro*, Sillabe in crescenza (B.O. n. 15, 1999) e de *Il centunesimo canto*, Philologica dantesca (B.O. n. 18, 2001).

Domenico D'ORIA, docente di Lingua e letteratura francese all'Università di Bari, è cultore entusiasta di esercizi oulipiani. È studioso dei problemi di ideologia nei dizionari e dei problemi teorici e pratici della traduzione. Ha dedicato molta attenzione ai *Jeux de mots* di François Georges Maréschal, marchese di Bièvre. Membro fondatore e Segretario dell'Oplepo, dirige l'*Alliance Française* di Bari.

Brunella ERULI, ordinaria di Letteratura francese all'Università di Siena, interessata ai problemi di arte contemporanea e delle avanguardie, ha pubblicato, oltre a vari saggi dedicati alla letteratura francese, *Jarry, i mostri dell'immagine* (Pacini, 1982), *Percorsi dell'avanguardia* (Pacini, 1992). Ha curato l'edizione dei volumi *Attenzione al potenziale! Il gioco della letteratura* (Nardi, 1994) e *L'obiettivo e la parola* (Slatkine-ETS, 1996). Autrice di vari scritti sul teatro, è caporedattore di "Puck, la marionette et les autres arts", la rivista internazionale del teatro di figura. Fa parte del consiglio di redazione della "Rivista di letterature moderne e comparate".

Piero FALCHETTA, bibliotecario alla Marciana di Venezia e storico della cartografia, ha sempre giocato con serietà in compagnia della letteratura. Da *Oculus pudens*, un volume sulla poesia di Andrea Zanzotto (Francisci, 1983), alla traduzione del romanzo lipogrammatico di Georges Perec *La disparition* (*La scomparsa*, Guida editori, 1995), ha coltivato con continuità i rapporti con quelle opere che sono generalmente, per qualche verso, considerate "difficili", sperando così, prima di ogni altra cosa, di renderle comprensibili, se non altro a sé stesso. Collabora a numerose riviste italiane e straniere. È autore di *Frammenti in vita*, Combinazioni monorime con commento (B.O. n. 5, 1993).

Sal Kierkia (trascrizione abbreviata di Salvatore Chierchia), studente facoltativo di lungo córso e impropriamente ricercatore in proprio, ha avuto la sorte di rinvenire, durante migrazioni da vero "chierico vagante" fuori tempo, uno sconcertante latercolo nella lingua degli Incas. Esperto e appassionato di enigmi, di poesia artificiosa e di ludolinguistica, saltuario collaboratore bilingue della fortunosa rivista "il Caffè", è autore di preziose rubriche sulla rivista "Il Labirinto". A sua cura, la "Biblioteca Oplepiana" ha pubblicato (1996) *L'isola teletrasportata*, Anagrafie. È l'autore di *Preludi*, Tempo obbligato (B.O. n. 24, 2005).

Piergiorgio Odifreddi, ha studiato matematica in Italia, negli Stati Uniti e in Unione Sovietica, e insegna Logica presso le Università di Torino e Cornell (USA). Fra le sue pubblicazioni *Classical Recursion Theory* (North Holland, 1989 e 1999), *Il Vangelo secondo la Scienza* (Einaudi, 1999), *La matematica del Novecento* (Einaudi, 2000), *Il Computer di Dio* (Cortina, 2000), *C'era una volta un paradosso. Storie di illusioni e verità rovesciate* (Einaudi, 2001), *Il diavolo in cattedra. La logica da Aristotele a Godel* (Einaudi, 2003), *Le menzogne di Ulisse* (Longanesi, 2004), *Penna, pennello e bacchetta. Le tre invidie del matematico* (Laterza, 2005). Collabora con giornali, radio e televisione. Nel 1998 l'Unione Matematica Italiana gli ha assegnato il Premio "Galileo".

Totò Radicchio, architetto, docente alla Facoltà di Architettura di Venezia, vive a Bari. È autore dell'opera di pittura potenziale *Coloranti* (da *Edulcoranti*), liberamente tratta dalle cento stringhe di Campagnoli, delle quali riprende in chiave pittorica (geometrica e cromatica) le costrizioni permutazionali (uno dei suoi cento elementi è riportato nella copertina di *Oplepiana*). È anche autore di *Vocali*, altra opera che traduce pittoricamente la costrizione legata ai cinque sonetti omoconsonantici di Ruggero Campagnoli (*Vocalizzi Zulu*, B. O. n. 6, 1994).

Edoardo Sanguineti, poeta, ha insegnato Letteratura italiana all'Università di Genova, sua città natale. Il suo nome è legato all'avanguardia, non solo letteraria, ma anche musicale, pittorica e teatrale. Le sue poesie sono raccolte da Feltrinelli in *Segnalibro* (1982), *Bisbidis* (1987), *Senza titolo* (1992), *Corollario* (1997) ed in *Novissimum Testamentum* (Nanni, 1986): in molte di esse è rimescolato il senso tragico, comico, onirico, grottesco, epigrammatico ed enigmistico con quei modi di capriccio e gioco, che caratterizzano anche la scrittura del Sanguineti narratore (*Capriccio italiano* e *Il giuoco dell'oca*, Feltrinelli, 1963 e 1987). *L'Alfabeto apocalittico*, 21 ottave scritte per la grande *Apocalisse* di Enrico Baj, fu letto dall'autore nel 1982 in forma teatralizzata con il volantinaggio dei singoli testi, dalla A alla Z, su foglietti variamente colorati, simili ai vecchi pianeti della fortuna. Autore oplepiano *ante litteram*, ha ricevuto nel 1998 il Premio "Capri dell'Enigma" – sezione arte e letteratura; nello stesso anno è entrato a far parte dell'Oplepo, del quale è oggi Presidente. *Il chierico organico* (Feltrinelli, 2000) è il titolo di una raccolta di suoi saggi.

Maria Sebregondi, consulente di comunicazione e di concept di prodotto, lavora con la scrittura in diverse aree: copywriting e comunicazione, editoria e traduzione letteraria, stampa periodica. Dall'attività professionale sono nate diverse esperienze didattiche presso Università pubbliche e private (corsi e seminari di scrittura e comunicazione, traduzione letteraria, formazione per creativi). Dal 2000, insegna *Percezione del linguaggio* all'Università dell'Immagine, Milano. Tra le sue pubblicazioni: *Etimologiario* (Longanesi, 1988; Greco&Greco, 2003), piccolo dizionario di etimologie inventate; la collana *Doppiogioco* (Giunti), storie in versi per bambini; *Smentimenti*, raccolta di racconti (Greco&Greco, 2000). Appassionata di traduzione di testi *à contrainte*, in versi e in prosa, ha tradotto Queneau (*Quercia e cane*, Il melangolo, 1995; *Centomila miliardi di baci*, Archinto, 1997), Perec (*Ellis Island. Storie di erranza e di speranza*, Archinto, 1996), Picabia, Coleridge, Nabokov. Dal 1996 fa parte di Oplepo. Firma la rubrica *Tecnica mista* su *Alias*, supplemento culturale de *Il Manifesto*. Vive prevalentemente a Milano.

Màrius Serra, scrittore catalano, è nato e vive a Barcellona. Ha pubblicato vari volumi di racconti, tra i quali *Línia* (1987), *Contagi* (1992) e di novelle come *L'home del sac* (1990) e *Mon oncle* (1996). Giornalista, scrive su "La Vanguardia" e su l'"Avui" di Barcellona. Nel suo volume, *La vida normal* (Edicions Proa, Barcelona, 1998) si ripromette di trasformare la sua esperienza di scrittore in materia letteraria. È primo membro straniero dell'Oplepo, per il quale ha scritto *Turandot espuri*, Solfeix, fascicolo (B.O. n. 14, 1998). Sue opere più recenti sono *AblanatalbA* (Edicions 62, 1999) e *Verbalia* uscito contemporaneamente (Barcelona, 2001) nella versione catalana (Editorial Empúries) e castigliana (Editorial Península).

Aldo Spinelli, pittore, giocologo, è membro corrispondente dell'Oupeinpo. Autore di varie pubblicazioni, ha firmato due fascicoli della "Biblioteca Oplepiana": *L'uso delle istruzioni* e *Le ripartite*. Il suo *Scarabeo d'oro* (1975-1980) è un gomitolo di lana colorata con scrittura in codice. Ha partecipato a numerose mostre collettive e sono molte le sue "personali" (Milano, Genova, Roma, Amsterdam, Oberhausen, Nizza, Gelsenkirchen); in occasione di una sua mostra, dal titolo *Falso Spinelli: un'arte un po' vera* (Genova, 2002), ha presentato il suo *Abbecediario*, diario di viaggio di una persona qualsiasi, che raccoglie in testi lipogrammatici le 21 lettere dell'alfabeto italiano. Un suo recente volume *e* (Marco Polillo Editore, Milano, 2001) costituisce un'eterodossa enciclopedia che ha per protagonista questa vocale.

Giuseppe Varaldo, medico, si interessa di enigmistica e di poesia ludica. È autore di *All'alba Shahrazad andrà ammazzata* (Vallardi, 1993). Il suo *Canto tenero* (B.O. n. 3, 1992) è il primo esempio di «mitografemi».